Edgar Allan Poe
Der entwendete Brief

I0654980

fabula Verlag Hamburg

ISBN: 978-3-95855-425-2
Druck: fabula Verlag Hamburg, 2016
Covergestaltung: Annelie Lamers
Motiv: freepik.com

Der fabula Verlag Hamburg ist ein Imprint der Diplomica Verlag GmbH.
Bibliografische Information der Deutschen Nationalbibliothek:
Die Deutsche Nationalbibliothek verzeichnet diese Publikation in der Deutschen Nationalbibliografie; detaillierte bibliografische Daten sind im Internet
über http://dnb.d-nb.de abrufbar.

Edgar Allan Poe

Der entwendete Brief

fabula

Nil sapientiae odiosus acumine nimio.

Seneca

Es war in Paris an einem stürmischen Herbstabend des Jahres 18... Ich saß im dritten Stockwerk des Hauses Nr. 33 der Rue Donot, Faubourg St. Germain, in dem nach hinten gelegenen Bibliothekzimmerchen bei meinem Freund August Dupin und gab mich dem zwiefachen Genuß des Nachdenkens und einer Meerschaumpfeife hin. Seit mindestens einer Stunde hatten wir beide kein Wort gesprochen. Ein zufälliger Beobachter hätte sicherlich geglaubt, wir seien einzig und allein damit beschäftigt, die kräuselnden Rauchwolken zu verfolgen, die in dichten Schwaden das Zimmer füllten. Indessen, was mich betraf, so sann ich dem Gesprächsstoff nach, mit dem wir uns zu einer früheren Stunde desselben Abends eifrig befaßt hatten; ich meine die Affäre aus der Rue Morgue und den geheimnisvollen Mordfall der Marie Rogêt. Es erschien mir daher als ein wunderbares Zusammentreffen, daß sich die Tür unseres Zimmers plötzlich öffnete und unser alter Bekannter, Herr G., der Polizeipräfekt von Paris, eintrat.

Wir begrüßten ihn herzlich; denn wenn wir den Mann auch nicht eben achteten, so war er andrerseits doch unterhaltend, und wir hatten ihn seit Jahren nicht gesehen. Wir hatten im Dunkeln gesessen, und Dupin erhob sich nun, um die Lampe anzuzünden; er unterließ es jedoch, und setzte sich wieder, als G. sagte, er sei gekommen, uns um Rat zu fragen oder vielmehr die Meinung meines Freundes zu hören in einer Amtsangelegenheit, die ihm schon viel Beschwer gemacht habe.

»Wenn es eine Sache ist, die Nachdenken erfordert«, bemerkte Dupin, indem er mit Anzünden des Dochtes innehielt, »so ist es besser, wir prüfen sie im Dunkeln.«

»Wieder so eine Ihrer sonderbaren Ansichten!«, sagte der Präfekt, der alles »sonderbar« nannte, was über sein

Begriffsvermögen hinausging, und sich daher von einer Legion von »Sonderbarkeiten« umgeben sah.

»Sehr wahr«, sagte Dupin, während er seinem Besuch eine Pfeife reichte und einen bequemen Sessel hinschob.

»Und um was für Schwierigkeiten handelt es sich diesmal?«, fragte ich. »Hoffentlich nicht wieder eine Mordgeschichte?«

»O nein; nichts dergleichen. In der Tat – die Sache ist an sich sehr einfach, und ich bezweifle nicht, daß wir ganz gut allein damit fertig werden könnten; aber dann dachte ich, der Fall würde Dupin interessieren, denn er ist höchst sonderbar.«

»Einfach und sonderbar!«, sagte Dupin.

»Nun ja; und doch wieder keins von beiden. Es hat uns nur alle so verwirrt, daß die Geschichte so einfach ist und man ihr doch nicht beikommen kann.«

»Vielleicht ist es gerade die Einfachheit der Sache, die Sie irreleitet, mein Freund.«

»Was für Unsinn Sie reden!«, erwiderte der Präfekt lachend.

»Vielleicht ist das Geheimnis ein wenig *zu* klar«, sagte Dupin.

»O Himmel! Welche verrückte Idee!«

»Ein wenig *zu* durchsichtig.«

»Ha, ha, ha! – Ha, ha, ha! – Ho, ho, ho!«, brüllte unser Besuch aufs höchste belustigt. »O Dupin, Sie werden noch an meinem Tod schuld sein.«

»Was für eine Sache ist es denn nun aber eigentlich?«, fragte ich.

»Schön, Sie sollen es hören«, erwiderte der Präfekt und tat einen langen kräftigen und nachdenklichen Zug aus der Pfeife; dann rückte er sich im Stuhl zurecht und begann: »Ich will es Ihnen in kurzen Worten sagen; doch ehe ich anfange, muß ich Sie darauf aufmerksam machen, daß die Sache tiefstes Geheimnis ist und größte Diskretion verlangt und daß ich höchstwahrscheinlich meinen Posten verlieren würde, wenn es herauskäme, daß ich sie jemand erzählt habe.«

»Fahren Sie fort«, sagte ich.

»Oder auch nicht«, sagte Dupin.

»Also gut; ich wurde von sehr hoher Stelle benachrichtigt, daß ein Dokument von höchster Wichtigkeit aus den königlichen Gemächern entwendet worden sei. Die Person, die den Diebstahl ausführte, kennt man; das steht fest, denn sie wurde bei der Tat beobachtet. Man weiß ferner, daß sie noch im Besitz des Dokumentes ist.«

»Woher weiß man das?«, fragte Dupin.

»Dies ergibt sich aus der Natur des Dokumentes selbst und daraus, daß gewisse Ergebnisse nicht eingetreten sind, die unausbleiblich erfolgen würden, wenn der Dieb das Papier aus den Händen gäbe – das heißt, wenn er es so anwendete, wie er es im Grunde beabsichtigen muß.«

»Seien Sie ein bißchen deutlicher«, sagte ich.

»Schön, ich kann so weit gehen zu sagen, daß das Papier seinem gegenwärtigen Besitzer eine gewisse Macht verleiht an einer gewissen Stelle, wo diese Macht von ungeheurem Wert ist.« Der Präfekt liebte es, sich diplomatisch auszudrücken.

»Ich verstehe noch immer nicht ganz«, sagte Dupin.

»Nicht? Also: würde der Inhalt des Dokumentes einer dritten Person, die ich hier ungenannt lassen will, eröffnet, so würde das die Ehre einer sehr hochstehenden Persönlichkeit in ein schlechtes Licht setzen, und dieser Umstand gibt dem Inhaber des Papiers ein Übergewicht über die erlauchte Person, deren Ruhe und Ehre dadurch gefährdet sind.«

»Aber dieses Übergewicht«, warf ich ein, »würde nur dann bestehen, wenn der Dieb wüßte, daß der Bestohlene selbst genaue Kenntnis von der Person des Täters hat. Wer aber könnte wagen...«

»Der Dieb«, sagte G., »ist der Minister D., der alle Dinge wagt, ob sie einem Ehrenmann nun anstehen oder nicht. Das Vorgehen des Diebes war ebenso sinnreich als kühn. Die hohe Persönlichkeit hatte das fragliche Dokument – einen Brief, frei herausgesagt – bekommen, als sie sich allein im königlichen Boudoir befand. Während sie ihn las, wurde sie plötzlich durch den Eintritt einer anderen hohen Person gestört, der nämlichen, vor der sie gerade diesen Brief geheimzuhalten wünschte. Nach einem hastigen und vergeblichen Versuch, den Brief in ein Schubfach zu werfen, war sie genötigt, ihn, offen wie er war, auf einen Tisch zu legen. Indessen lag die Adresse zuoberst, und da der Inhalt also nicht sichtbar war, fiel der Brief weiter nicht auf. So standen die Dinge, als der Minister D. eintrat. Sein Luchsauge erblickt sofort das Papier, erkennt die Handschrift der Adresse, bemerkt die Verwirrung des Adressaten und errät sein Geheimnis. Nach einigen geschäftlichen Unterhandlungen, die er in gewohnter Weise schnell abwickelt, zieht er einen Brief aus der Tasche, der dem in Frage stehenden einigermaßen gleicht, öffnet ihn, tut, als lese er ihn, und legt ihn dann dicht neben den andern nieder. Wieder spricht er etwa fünfzehn Minuten über die öffentlichen Angelegenheiten. Schließlich verabschiedet er sich und nimmt von dem Tisch den Brief, auf den er kein Anrecht hatte. Der rechtmäßige Besitzer sah dies, wagte aber natürlich nicht in Gegenwart jener dritten Person, die dicht an seiner Seite stand, die Sache zu erwähnen. Der Minister entfernte sich, seinen eigenen, ganz unwichtigen Brief auf dem Tisch zurücklassend.«

»Da haben Sie also«, sagte Dupin zu mir, »genau das, was Sie als Bedingung für das Übergewicht für erforderlich halten: der Räuber weiß, daß der Beraubte ihn als den Räuber kennt.«

»Ja«, entgegnete der Präfekt; »und die derat erlangte Gewalt wird nun schon seit Monaten in gefährlichem Umfang zu politischen Zwecken ausgenutzt. Die bestohlene Person erkennt mit jedem Tag mehr die Notwendigkeit, den Brief zurückzuerlangen. Das kann aber natürlich nicht offen geschehen. In ihrer Verzweiflung hat sie schließlich mir die Angelegenheit übertragen.«

»Denn wie hätte sie sich«, sagte Dupin und stieß eine gewaltige Rauchwolke aus, »einen scharfsinnigeren Vermittler wünschen oder auch nur vorstellen können!«

»Sie schmeicheln«, entgegnete der Präfekt, »aber es ist möglich, daß eine solche Ansicht vorlag.«

»Es ist, wie Sie selbst bemerkt haben, klar«, sagte ich, »daß der Brief sich noch in den Händen des Ministers befindet; denn dieser Besitz und nicht etwa eine Anwendung des Briefes ist es, was Macht verleiht. Mit der Ausbeutung des Briefes ist die Macht dahin.«

»Sehr wahr«, sagte G.; »und von dieser Überzeugung ging ich aus. Meine erste Sorge war, das Palais des Ministers gründlich zu durchsuchen. Die Schwierigkeit lag nun darin, dies ohne sein Wissen zu bewerkstelligen. Ich wurde nämlich vor der Gefahr gewarnt, die daraus entstehen würde, wenn er unsere Absicht argwöhnte.«

»Nun«, sagte ich, »Sie sind in solchen Nachforschungen ja durchaus bewandert. Die Pariser Polizei hat dergleichen schon oft vorgenommen.«

»Ja, gewiß; und darum verzweifelte ich auch nicht. Überdies boten mir die Lebensgewohnheiten des Ministers einen großen Vorteil. Er ist oft die ganze Nacht nicht zu Hause. Seine Dienerschaft ist keineswegs zahlreich. Ihre Schlafzimmer liegen in ziemlicher Entfernung von den Wohnräumen des Herrn. Die Leute sind übrigens zum großen Teil Napolitaner und daher leicht betrunken zu machen. Wie Sie wissen, habe ich Schlüssel, mit denen ich jedes Zimmer in Paris öffnen kann. Seit drei Monaten ist kaum eine Nacht vergangen, in der ich nicht mehrere Stunden lang persönlich das D.sche Palais durchstöbert hätte. Meine Ehre steht auf dem Spiel, und – ganz im geheimen! – die Belohnung ist ungewöhnlich hoch. Ich gab also die Suche nicht eher auf, als bis ich vollkommen davon überzeugt war, daß der Dieb schlauer sei als ich. Ich habe sicherlich jede Ecke und jeden Winkel durchforscht, in dem nur irgend das Papier versteckt sein konnte.«

»Aber ist es nicht vielleicht möglich«, mutmaßte ich, »daß der Minister den Brief anderswo als in seinem eigenen Hause verborgen hat?«

»Das ist kaum möglich«, sagte Dupin. »Die gegenwärtige Lage der Dinge bei Hofe und vor allem jene Intrigen, in die D., wie man weiß, verwickelt ist, lassen die jederzeitige sofortige Verwendbarkeit des Dokumentes – die Möglichkeit, es immer vorweisen zu können – als einen ebenso wichtigen Punkt erscheinen, wie der Besitz desselben es ist.«

»Die Möglichkeit, es vorzuweisen?«, fragte ich.

»Nämlich, um es gleich vernichten zu können«, sagte Dupin.

»Ja, das ist richtig«, bemerkte ich. »Das Papier ist also bestimmt im Hause. Daß der Minister dasselbe etwa beständig bei sich trage, kommt wohl gar nicht in Frage.«

»Nein«, sagte der Präfekt. »Er ist zweimal von meinen Leuten in der Maske von Straßenräubern angefallen und unter meinen eigenen Augen gründlich durchsucht worden.«

»Diese Mühe hätten Sie sich sparen können«, sagte Dupin. »D. ist, denke ich, kein ganzer Narr und muß daher solche Überfälle vorausgesehen haben.«

»Wohl nicht ein *ganzer* Narr«, sagte G., »aber er ist ein Dichter, und solche Leute stehen den Narren nicht allzufern.«

»Gewiß«, sagte Dupin nach einem nachdenklichen langen Zug aus seiner Meerschaumpfeife, »obschon auch ich hie und da Knüttelverse verbrochen habe.«

»Wie wäre es«, fragte ich, »wenn Sie uns die Einzelheiten Ihrer Suche darlegen würden?«

»Schön. Die Sache ist die, daß wir uns Zeit ließen und *überall* suchten. In solchen Dingen habe ich große Erfahrung. Ich nahm das ganze Haus vor, Zimmer nach Zimmer; und jedem einzelnen widmete ich die Nächte einer ganzen Woche. Zunächst untersuchten wir in jedem Raum die Möbel. Wir öffneten alle möglichen Schubfächer; ich nehme an, Sie wissen, daß es für einen gut geschulten Polizeiagenten so etwas wie ein Geheimfach nicht gibt. Der Mann, dem bei einer solche Suche ein ›Geheim‹fach entgeht, ist ein Tölpel. Die Sache ist ja so einfach! Da ist doch der Raum, der Umfang, den man bei jedem Schreibtisch im Auge haben muß. Es ist doch nicht schwer zu berechnen, ob der von außen sichtbare Raum eines Möbels von den Fächern wirklich ausgefüllt wird. Und dann haben wir unsere ganz bestimmten Regeln. Nicht der fünfzigste Teil einer Linie könnte uns entgehen! Nach den Schreibtischen und Kommoden nahmen wir die Stühle vor. Die Sitze untersuchten wir mit den dünnen langen Nadeln, die Sie mich gelegentlich schon anwenden sahen. Von den Tischen entfernten wir die Platten.«

»Warum das?«

»Die Person, die einen Gegenstand zu verbergen wünscht, tut das manchmal in der Weise, daß sie die Platte eines Tisches oder ähnlichen Möbelstückes entfernt, ein Bein desselben aushöhlt, den Gegenstand in die Höhlung legt und die Platte wieder aufsetzt. In derselben Weise benutzt man die Füße und Knäufe der Bettpfosten.«

»Konnte man so eine Höhlung nicht durch Klanguntersuchung entdecken?«, fragte ich.

»Unmöglich, falls der Gegenstand beim Hineinlegen genügend in Watte gebettet wurde. Übrigens waren wir in diesem Fall genötigt, geräuschlos vorzugehen.«

»Aber Sie konnten doch unmöglich *alle* Möbelstücke auseinandernehmen, in denen ein Versteck, wie Sie es soeben beschrieben haben, hätte angelegt sein können! Ein Brief kann spiralförmig so dünn zusammengerollt werden, daß er in Form und Umfang nicht anders ist als eine große Stricknadel, und in solcher Form könnte er z.

B. bequem in einer ganz dünnen Stuhlleiste untergebracht werden. Sie nahmen doch wohl nicht alle Stühle auseinander?«

»Gewiß nicht; aber wir taten etwas Besseres – wir prüften sämtliche Stuhlleisten und überhaupt die Verbindungsstellen sämtlicher Möbel im Hause mit Hilfe eines sehr starken Vergrößerungsglases. Wäre irgendwo die geringste Spur einer jüngst vorgenommenen Veränderung gewesen, so hätten wir sie unfehlbar entdecken müssen. Ein einziges Körnchen Holzmehl z. B. wäre unserm bewaffneten Auge in der Größe eines Apfels erschienen. Jede Verschiebung an den zusammengeleimten Stellen – ein ungewöhnliches Klaffen der Fugen – hätte genügt, eine Entdeckung herbeizuführen.«

»Ich nehme an, daß Sie auch die Spiegel zwischen Rückwand und Glasplatte untersuchten sowie die Betten und Leintücher, Vorhänge und Teppiche.«

»Natürlich; und nachdem wir auf diese Weise jeden Einrichtungsgegenstand untersucht hatten, nahmen wir das Haus selbst in Angriff. Wir teilten sämtliche Wand- und Bodenflächen in Felder ein, die wir numerierten, so daß keines übersehen werden konnte. Dann durchforschten wir jeden Quadratzoll des Hauses und der beiden Nachbarhäuser mit dem Mikroskop.«

»Der beiden Nachbarhäuser?«, rief ich aus; »da hatten Sie aber eine ungeheure Arbeit!«

»Das hatten wir auch; aber die angebotene Belohnung ist ungemein hoch.«

»Sie hatten auch die angrenzenden Bodenflächen mit eingeschlossen, die Höfe usw.?«

»Höfe und Wege sind mit Ziegelsteinen gepflastert. Sie machten uns verhältnismäßig geringe Mühe. Wir prüften das Moos zwischen den Steinen und fanden nichts Verdächtiges.«

»Selbstverständlich blickten Sie auch in D.s Papiere und in die Bücher seiner Bibliothek?«

»Gewiß; wir öffneten jeden Stoß und jedes Päckchen; wir öffneten nicht nur jedes Buch, um es, wie einige unserer Polizeioffiziere das tun, nur zu schütteln, sondern wir wendeten Seite um Seite um. Wir maßen auch die Dicke jedes Buchdeckels mit peinlichster Sorgfalt und arbeiteten auch hier mit dem Mikroskop. Irgendeine unlängst vorgenommene Verletzung der Einbände hätte unserm Augenmerk unmöglich entgehen können. Vier oder fünf Bände, die gerade vom Buchbinder gekommen waren, prüften wir eingehend der Länge nach mit den Nadeln.«

»Sie durchforschten den Fußboden unter den Teppichen?«

»Selbstredend. Wir entfernten alle Teppiche und untersuchten die Bretter mit dem Mikroskop.«

»Und ebenso die Wandtapeten?«

»Auch diese.«

»Sie suchten in den Kellern?«

»Ja.«

»Dann«, sagte ich, »haben Sie einen Fehlschluß getan, und der Brief ist nicht mehr, wie Sie vermuteten, im Hause selbst.«

»Ich fürchte, darin haben Sie recht«, sagte der Präfekt. »Und nun, Dupin, sagen Sie, was Sie mir raten würden!«

»Das Haus nochmals gründlich zu durchsuchen.«

»Das ist durchaus zwecklos«, erwiderte G. »Ich bin wie von meinem Leben davon überzeugt, daß der Brief nicht im Palais ist.«

»Einen besseren Rat kann ich Ihnen nicht geben«, sagte Dupin. »Sie besitzen natürlich eine genaue Beschreibung des Briefes?«

»O ja!«, Und der Präfekt zog ein Notizbuch heraus und las eine genaue Beschreibung der inneren und namentlich der äußeren Beschaffenheit des vermißten Dokumentes vor. Bald nachdem er die Vorlesung beendet, verabschiedete er sich, niedergedrückter als ich ihn je vordem gesehen. –

Etwa einen Monat später machte er uns wiederum einen Besuch und fand uns bei ziemlich derselben Beschäftigung wie damals. Er ließ sich einen Stuhl und eine Pfeife reichen und begann ein gleichgültiges Gespräch.

Endlich sagte ich:

»Nun, G., erzählen Sie doch, wie steht›s mit dem entwendeten Brief? Ich glaube, Sie sind wohl doch zu der Überzeugung gekommen, daß es eine Unmöglichkeit ist, den Minister zu übertölpeln?«

»Verflucht, ja! Ich habe, Dupins Rat folgend, noch einmal alles durchsucht – doch alle Arbeit war umsonst, wie ich mir schon dachte.«

»Wie groß, sagten Sie, ist die Belohnung?«, fragte Dupin.

»Nun, sehr groß – wirklich sehr groß – ich möchte die genaue Summe nicht angeben; aber eins kann ich sagen: ich selbst würde demjenigen, der mir den Brief verschaffte, sofort einen Scheck über fünfzigtausend Franken ausstellen. Tatsache ist, daß der Fall von Tag zu Tag schlimmer, dringlicher wird; und die Belohnung wurde verdoppelt. Aber wenn sie auch verdreifacht würde, könnte ich doch nicht mehr tun, als ich getan habe.«

»Ja, ich meine, G.«, sagte Dupin gedehnt und tat ein paar kräftige Züge aus der Meerschaumpfeife, »Sie haben noch nicht Ihr Äußerstes getan. Sie könnten – noch etwas mehr tun, denke ich, he?«

»Wie – was meinen Sie denn?«

»Nun« – paff, paff –, »Sie könnten« – paff, paff – »Rat einholen, wie?«, – Paff, paff, paff. »Kennen Sie die Geschichte, die man von Abernethy erzählt?«

»Nein, zum Henker mit Abernethy!«

»Gewiß, zum Henker mit ihm! Aber da war einmal ein reicher Geizhals, der wollte diesen Abernethy gern umsonst konsultieren. In dieser Absicht lud er ein paar Leute zu sich ein und erzählte während der Unterhaltung dem Arzt den Krankheitsfall einer gedachten Person:

›Nehmen wir an‹, sagte der Geizhals, ›die Symptome seien die und die: nun, Doktor, was würden Sie ihm wohl zu nehmen verordnet haben?‹

›Nehmen?‹, sagte Abernethy. ›Ärztlichen Rat natürlich!‹«

»Ja«, sagte der Präfekt ein wenig betroffen, »ich bin ja ganz willig, Rat zu nehmen und dafür zu bezahlen. Ich würde wirklich demjenigen, der mir in der Sache helfen würde, fünfzigtausend Franken geben.«

»Nun, wenn es sich so verhält«, sagte Dupin aus einem Schubfach ein Scheckbuch nehmend, »können Sie mir die erwähnte Summe sofort hierherschreiben. Wenn Sie unterzeichnet haben, werde ich Ihnen den Brief aushändigen.«

Ich war aufs höchste verblüfft. Der Präfekt schien wie vom Blitz getroffen. Sprachlos, mit offenem Mund und aufgerissenen Augen, starrte er Dupin an; dann, als er sich ein wenig erholt hatte, nahm er eine Feder, und unter mehrfachen Pausen und fragenden Blicken füllte er das Formular auf die Summe von fünfzigtausend Franken aus, unterzeichnete es und reichte es meinem Freund über den Tisch. Dieser prüfte es sorgsam und legte es in seine Brieftasche. Dann schloß er ein Schreibpult auf, entnahm ihm einen Brief und reichte ihn dem Präfekten. Der Beamte ergriff ihn, halb berauscht vor Freude, öffnete ihn mit zitternder Hand, warf einen schnellen Blick auf die Zeilen, suchte hastend und taumelnd die Tür und eilte ohne Abschied davon; seit Dupin ihn aufgefordert, den Scheck auszufüllen, hatte er kein Wort mehr gesprochen.

Als er gegangen war, gab mein Freund mir Aufklärung.

»Die Pariser Polizei«, sagte er, »ist in ihrer Weise sehr geschickt. Sie ist ausdauernd, pfiffig und scharfsinnig und in allen den Dingen bewandert, die ihre Pflichten ihr auferlegen. Als darum G. uns auseinandersetzte, in welcher Weise er die Durchsuchung des Ministerpalais vorgenommen, war ich ganz überzeugt, daß er gründliche Arbeit getan hatte – soweit sein Spürfeld eben reichte.«

»Soweit sein Spürfeld reichte?«, fragte ich.

»Ja«, sagte Dupin. »Die angewandten Maßnahmen waren nicht nur in ihrer Art die besten, sondern auch auf das vollkommenste ausgeführt. Wäre der Brief im Bereich ihrer Suche niedergelegt gewesen, so hätten diese Leute ihn zweifellos gefunden.«

Ich lachte; es schien ihm aber mit dem, was er sagte, ernst zu sein.

»Die Maßnahmen«, fuhr er fort, »waren also in ihrer Weise sehr gut; der Fehler war nur, daß sie auf den besonderen Fall hier und auf den schlauen Dieb nicht paßten. Der Präfekt hat eine gewisse Reihe sehr sinnreicher Hilfsmittel, denen er wie einem Prokrustesbett jeden Kriminalfall anzupassen sucht. Aber er begeht beständig den Fehler, den jeweiligen Fall zu gründlich oder zu leicht zu nehmen, und mancher Schuljunge ist ein schlauerer Kopf als er. Ich kannte einen achtjährigen Jungen, der bei dem Spiel von ›Gerad oder Ungerad‹ zur Bewunderung aller immer gewann. Das Spiel ist sehr einfach und wird mit Murmeln gespielt. Einer der Spieler hält eine Anzahl derselben in der geschlossenen Hand, und ein anderer muß erraten, ob sie an Zahl gerad oder ungerad sind. Hat er richtig geraten, so gewinnt er eine Kugel, hat er falsch geraten, so verliert er eine. Der Knabe, von dem ich hier spreche, gewann seinen Mitschülern alle Murmeln ab. Natürlich hatte er sich ein bestimmtes System gebildet, und das bestand in klugem Beobachten und in der Berechnung der Scharfsinnigkeit seines jeweiligen Gegners. Nehmen wir z. B. an, sein Gegner sei ein rechter Einfaltspinsel und fragt, die geschlossenen Hände hinhaltend: ›Gerad oder ungerad?‹ Unser Junge antwortet ›ungerad‹ und verliert; beim nächstenmal aber gewinnt er, denn inzwischen hatte er sich gesagt: Der Tropf hatte beim erstenmal eine gerade Zahl in der Hand, und seine Pfiffigkeit reicht sicherlich nur hin, jetzt eine ungerade zu haben, ich werde darum ungerad sagen. Er tut es und gewinnt. Bei einem etwas schlaueren Einfaltspinsel, als dieser erste gewesen, würde er folgenden Schluß gezogen haben: Er hat gehört, daß ich beim erstenmal ungerad gesagt habe; sein erster Einfall wäre natürlich genau wie bei dem andern, mit gerad und ungerad abzuwechseln; dann wird ihm aber gleich der Gedanke kommen, daß dies zu einfach sei, und er wird wie beim erstenmal eine gerade Zahl wählen. Ich werde also gerad sagen. Er tut es und gewinnt. Worin besteht nun die Methode der Schlußfolgerung bei diesem Schuljungen, von dem seine Kameraden sagen, daß er einfach Glück habe?«

»Der Überlegene«, sagte ich, »sucht seinen Intellekt mit dem seines Gegners zu identifizieren.«

»So ist es«, sagte Dupin, »und als ich den Knaben fragte, wie ihm diese *vollkommene* Identifizierung gelänge, in der sein Erfolg bestände, bekam ich folgende Antwort: >Wenn ich herausbekommen will, wie klug oder wie dumm, wie gut oder wie böse irgend jemand ist oder was für Gedanken er gerade hat, so suche ich den Ausdruck meines Gesichtes soviel als möglich dem seinigen anzupassen, und dann warte ich ab, was für Gedanken oder Gefühle in mir aufsteigen und dem Gesichtsausdruck entsprechen. Diese Antwort des Schuljungen bildet die Grundlage zu all dem scheinbaren Scharfsinn, den man Rochefoucault, La Bruyère, Machiavelli und Campanella zugeschrieben hat.«

»Wenn ich Sie richtig verstehe«, sagte ich, »so hängt die Identifizierung des Intellektes des Schlußfolgernden mit dem seines Gegners davon ab, wie scharf ersterer den Intellekt seines Gegners abzuschätzen vermag?«

»Ja, ihr praktischer Wert hängt durchaus davon ab«, erwiderte Dupin, »und eben aus Mangel an diesem Identifizierungsvermögen gehen der Präfekt und seine Kohorte so häufig fehl, und ferner auch, weil sie die Höhe des jeweiligen Intellektes, mit dem sie zu tun haben, falsch oder gar nicht abzuschätzen vermögen. Sie rechnen immer nur mit ihrem eigenen Scharfsinn, und wenn sie etwas Verborgenes suchen, so denken sie immer nur daran, wie sie selbst es versteckt haben würden. Sie haben ja so ziemlich recht, wenn sie ihre eigene Erfindungsgabe für die *große Masse* als maßgebend erachten; wenn aber der Scharfsinn des verbrecherischen Individuums sich in seinem Grundwesen von ihrem eigenen unterscheidet, so entgeht der Verbrecher ihnen natürlich. Dies geschieht immer, sobald er ihnen geistig überlegen ist, und auch sehr häufig, wenn er ihnen geistig nachsteht. Sie haben für ihre Nachforschungen eine feststehende Norm, von der sie nie abweichen; höchstens erweitern oder übertreiben sie ihre altgewohnte praktische Methode, wenn irgendwelche außergewöhnlichen Umstände, wie z. B. eine hohe Belohnung, sie besonders antreiben – das Prinzip aber bleibt dasselbe. Betrachten wir einmal den vorliegenden Fall. Was hat man getan, das auch nur im geringsten von der gewohnten Untersuchungsmethode abgewichen wäre? Was ist all das Bohren und Prüfen und Klopfen und mikroskopische Untersuchen und Einteilen des Hauses in numerierte Quadrate – was ist es denn anders als ein Übertreiben in der Anwendung ihres einen Prinzipes, das auf der geringen Kenntnis menschlichen Scharfsinnes aufgebaut ist, die diese Leute eben haben und das der Präfekt in gewohnter Pflichterfüllung immer wieder anwendet? Haben Sie nicht bemerkt, daß es ihm als ganz ausgemacht gilt, daß *alle* Menschen, wenn sie einen Brief verstecken wollen, ihn – wenn auch nicht gerade in einem ausgehöhlten Stuhlbein – so doch wenigstens in irgendeinem verborgenen Loch oder Winkel unterbringen würden, infolge derselben Gedankenreihe, die einen Mann veranlassen würde, einen Brief in einem ausgehöhlten Stuhlbein zu verbergen? Und sehen Sie nicht ebenso klar, daß solche geheimen Verstecke nur in einfachen Fällen und bei gewöhnlichen Intellekten Anwendung finden, denn fast immer, wenn es sich um das Verbergen eines Gegenstandes handelt, wird man so besonders versteckte

Orte wählen, und die Entdeckung hängt also nicht lediglich von dem Scharfsinn, aber durchaus von der Sorgfalt, Geduld und Ausdauer der Suchenden ab; und war der Fall von Bedeutung oder – was in den Augen der Polizei dasselbe ist – war die Belohnung bedeutend, so haben die genannten Eigenschaften stets zum Ziel geführt. Sie werden nun verstehen, was ich meinte, als ich die Vermutung aussprach, daß der entwendete Brief zweifellos gefunden worden wäre, wenn er im Untersuchungsbereich des Präfekten niedergelegt worden wäre – mit anderen Worten, wenn man bei Verbergung desselben von den gleichen Grundanschauungen ausgegangen wäre, wie der Präfekt bei seiner Suche sie anwendet. Der Beamte ist jedoch in seinen Berechnungen geschlagen worden, und die verborgene Ursache seiner Niederlage liegt in der falschen Annahme, der Minister sei ein Narr, weil er zufällig den Ruf eines Dichters genießt. Alle Narren sind Dichter, das hat der Präfekt so im Gefühl, und er macht sich nur eines *non distributio medii* schuldig, wenn er daraus schließt, daß alle Dichter Narren seien.«

»Aber ist denn dieser wirklich der Dichter?«, fragte ich. »Es sind zwei Brüder, wie ich weiß, und beide haben als Schriftsteller einen Namen. Der Minister, glaube ich, hat eine gelehrte Abhandlung über Differentialrechnung geschrieben. Er ist ein Mathematiker und kein Dichter.«

»Sie irren sich. Ich kenne ihn gut; er ist beides. Als Dichter und Mathematiker versteht er, schlau zu überlegen; als bloßer Mathematiker verstände er überhaupt nicht zu schlußfolgern und wäre sicherlich dem Präfekten in die Hände gefallen.«

»Sie überraschen mich«, sagte ich. »Ihre Anschauung wird von der ganzen Welt Lügen gestraft. Sie werden doch wohl nicht eine seit Jahrhunderten festbegründete Ansicht umstoßen wollen? Die Vernunft des Mathematikers gilt seit langem als die Überlegungsfähigkeit *par excellence*.«

»>Il y a à parier<«, erwiderte Dupin. Chamfort zitierend, »>que toute idée publique, toute Convention reçue, est une sottise, car elle a convenu au plus grand nombre.< – Ich gebe zu, daß die Mathematiker ihr Bestes getan haben, die allgemeine, aber irrige Ansicht, auf die Sie hinweisen, zu verbreiten. So haben sie z. B. mit einer Kunstfertigkeit, die einer besseren Sache würdig gewesen wäre, den Ausdruck Analysis in die Algebra hineingebracht. Die Franzosen sind es, denen wir diesen Trug verdanken; soll aber eine Bezeichnung überhaupt Bedeutung haben, soll ein Wort nach seiner Anwendbarkeit bewertet werden, so stehen >Analysis< und >Algebra< etwa im selben Verhältnis zueinander, wie der lateinische Ausdruck *ambitus* unser Wort Ehrgeiz, *religio* Religion oder *homines honesti* ehrenwerte Männer in sich schließt.«

»Sie scheinen demnächst einen Feldzug gegen die Pariser Algebraisten zu planen«, sagte ich – »doch bitte nur weiter!«

»Ich bestreite die philosophische Berechtigung eines Systems, das anders als mit abstrakter Logik arbeitet. Ich bestreite im besonderen ein aus mathematischen Studien abgeleitetes Philosophieren. Mathematik ist die Lehre von Form und Größe; die Philosophie der Mathematiker ist weiter nichts als auf Beobachtung von Form und Größe aufgebaute Logik. Der große Irrtum liegt in der Annahme, daß die Wahrheiten dessen, was man reine Algebra nennt, abstrakte oder allgemeine Wahrheiten seien. Und dieser Irrtum ist so ungeheuer, daß ich es gar nicht begreifen kann, wie man ihm so allgemein verfallen konnte. Mathematische Axiome sind *keine* Axiome von allgemein gültiger Wahrheit. Was *relativ* wahr ist – also in Beziehung auf Form und Größe –, ist z. B. durchaus falsch in moralischer Hinsicht. In der Morallehre ist es meistenteils unwahr, daß die zusammengefaßten Einzelteile dem Ganzen entsprechen. Auch in der Chemie ist das Axiom nicht anwendbar, ebensowenig in der Lehre von der Bewegung; denn zwei

Bewegungen, jede von einem gegebenen Wert, haben nicht notwendigerweise einen Wert, wenn sie gemäß ihrer Einzelwerte zu einer Summe vereinigt werden. Es gibt zahlreiche andere mathematische Wahrheiten, die nur innerhalb ihrer relativen Grenzen Wahrheiten darstellen. Aber der Mathematiker schließt aus Gewohnheit nach seinen begrenzten Wahrheiten, als ob sie von einer absoluten allgemeinen Anwendbarkeit wären – wie man dies in der Tat allgemein annimmt. Bryant erwähnt in seiner geistvollen ›Mythologie‹ eine ähnliche Quelle des Irrtums, indem er sagt: ›Obgleich die Fabeln der Heiden nicht geglaubt werden, vergißt man sich doch immer wieder und zieht Folgerungen aus ihnen, als ob sie bestehende Wirklichkeiten wären.‹ Bei den Algebraisten nun, die selber Heiden sind, werden die ›Heiden-Fabeln‹ geglaubt und die Folgerungen gezogen, nicht so sehr aus Gedankenlosigkeit als vielmehr aus einer erklärlichen Geistesverwirrung. Kurz, ich bin noch nie einem reinen Mathematiker begegnet, dem man über seine Quadratwurzeln hinaus irgendwie hätte trauen können, oder einem, der es nicht im stillen als Glaubenssache betrachtet hätte, daß $x^2 + px$ unbedingt und unwiderleglich gleich q sei. Bitte machen Sie die Probe und sagen Sie einem dieser Herren, Sie glaubten, daß Fälle vorkommen könnten, wo $x^2 + px$ nicht ganz gleich q sei – ich möchte Ihnen raten, schleunigst Reißaus zu nehmen, sobald er verstanden hat, was Sie eigentlich meinen; denn zweifellos wird er versuchen, Sie niederzuhauen.

Ich will damit sagen«, fuhr Dupin fort, während ich über seine letzten Betrachtungen fröhlich lachte, »daß der Präfekt nicht nötig gehabt hätte, mir diesen Scheck auszustellen, wenn der Minister nichts als Mathematiker gewesen wäre. Ich kannte ihn jedoch als Mathematiker *und* Dichter, und meine Maßnahmen richteten sich nach seinen Fähigkeiten, unter besonderer Berücksichtigung der gegebenen Verhältnisse. Ich wußte, daß er ein Hofmann und kühner Intrigant war. Ich folgerte also, daß solch ein Mensch mit den üblichen polizeilichen Maßnahmen gut vertraut sein müsse. Er *mußte* – und die Ereignisse haben dies bewiesen – die fingierten Raubanfälle vorausahnen. Er *muß*, so überlegte ich weiter, die geheimen Haussuchungen vorausgesehen haben. Seine häufige Abwesenheit, die der Präfekt so freudig als unerwartete Glücksfälle begrüßte, erachtete ich lediglich als List, um der Polizei Gelegenheit zu gründlichen Nachforschungen zu geben und ihr möglichst schnell die Überzeugung beizubringen (zu der G. ja tatsächlich auch schließlich gelangte), daß der Brief sich nicht im Hause befinden könne. Ich fühlte auch, daß die ganze Gedankenreihe, die ich Ihnen soeben mit einiger Mühe entwickelte, nämlich das unveränderliche Prinzip, nach dem die Polizei ihre Maßnahmen bei der Suche nach versteckten Dingen richtet – ich fühlte, daß dieser ganze Ideengang notwendigerweise auch dem Minister kommen mußte und daß er ihn zwingend dahin führen würde, alle die gewöhnlichen Versteckplätze zu vermeiden. Dieser Mann, sagte ich mir, konnte unmöglich so beschränkt sein, sich nicht selbst vor Augen zu halten, daß die allerverborgensten Winkel seines Palais den Nachforschungen, den Bohrern und Mikroskopen des Präfekten so offen daliegen würden wie seine unverschlossenen Wohnräume. Kurzum, ich erkannte, daß er ganz selbstverständlich zu den allereinfachsten Maßnahmen gedrängt werden mußte, falls er sie nicht schon freiwillig erwählt haben sollte. Sie werden sich vielleicht erinnern, in welch ein Gelächter der Präfekt ausbrach, als ich bei unserer ersten Unterredung die Mutmaßung äußerte, daß dies Geheimnis ihm vielleicht darum soviel Art mache, weil es so gar nicht verwickelt sei.«

»Ja«, sagte ich, »ich erinnere mich noch gut seines Heiterkeitsausbruches. Ich dachte wirklich, er würde noch in Krämpfe fallen.«

»Die materielle Welt«, fuhr Dupin fort, »hat strenge Analogien mit der immateriellen Welt. Und darum hat das

rhetorische Dogma, daß eine Metapher oder ein Gleich-
nis geeignet sein soll, ein Argument zu erhärten oder eine
Beschreibung zu verschönen, einen Schimmer von Wahrheit. So scheint zum Beispiel das Prinzip der *Vis inertiae* in
Physik und Metaphysik identisch zu sein. Wenn die Physik behauptet, daß ein großer Körper schwerer in Bewegung zu setzen ist als ein kleiner und daß seine nachherige
Geschwindigkeit zu dieser Schwierigkeit in entsprechen-
dem Verhältnis steht, so sagt sie keine größere Wahrheit
als die Metaphysik, wenn sie den Satz aufstellt, daß stär-
kere Intellekte, also solche, die fester und in ihren Regun-
gen reicher sind als solche schwächeren Grades, dennoch
weniger leicht beweglich, vielmehr leichter verwirrt und
in ihren ersten Schritten zögernder sind. Ferner: Haben
Sie jemals beobachtet, welche Art von Schildern an den
Kaufmannsläden am meisten Aufmerksamkeit auf sich
lenken?«

»Ich habe nie darüber nachgedacht«, sagte ich.

»Es gibt ein Rätselspiel«, sprach Dupin weiter, »das
auf einer Landkarte gespielt wird; die eine Partei verlangt
von der andern, daß sie ein gegebenes Wort finde – den
Namen einer Stadt, eines Flusses, einer Provinz, eines
Staates –, irgendein Wort, das in dem Durcheinander von
Benennungen auf der Karte zu finden ist. Ein Neuling in
diesem Spiel sucht gewöhnlich seine Gegner dadurch zu
verwirren, daß er ihnen Namen von allerkleinster Schrift
zu suchen gibt, der Erfahrene aber wählt solche Worte, die
in großen Lettern von einem Ende der Karte zum andern
laufen. Diese entgehen, gleich den übergroßen Plakaten
und Schilderaufschriften in den Straßen, der Beobachtung
infolge ihrer übertrieben großen Sichtbarkeit; und dieses
physische Übersehen ist genau analog der Unachtsamkeit,
mit der der Intellekt jene Erwägungen unbeachtet läßt, die
zu aufdringlich und zu naheliegend selbstverständlich sind.
Doch das ist eine Sache, scheint mir, die für das Begriffsvermögen des Präfekten zu hoch oder zu niedrig ist. Er hielt es

nie für wahrscheinlich oder für möglich, daß der Minister den Brief aller Welt vor die Nase gelegt hätte, um eben auf diese Weise alle Welt von der Entdeckung fernzuhalten.

Doch je mehr ich über das kühne, wagemutige, besondere Wesen D.s nachdachte, über die Tatsache, daß er das Dokument immer zur Hand haben mußte, um es verwerten zu können, und über das von dem Präfekten erzielte Ergebnis, demzufolge es nicht innerhalb der Grenzen des Untersuchungskreises jenes Würdenträgers verborgen war – desto überzeugter wurde ich, daß der Minister, um den Brief zu verbergen, zu dem verständlichen und scharfsinnigen Mittel gegriffen hatte, ihn gar nicht zu verbergen.

Ganz erfüllt von diesem Gedanken versah ich mich mit einer grünen Brille und sprach eines Morgens wie zufällig im Ministerpalais vor. Ich fand D. zu Hause; er gähnte und faulenzte wie gewöhnlich und tat, als langweile er sich aufs höchste. Er ist vielleicht der tätigste Mensch, den wir jetzt haben – doch das ist er nur, wenn niemand ihn sieht.

Um seiner Schlauheit gewachsen zu sein, klagte ich über schwache Augen und die Notwendigkeit, eine Brille tragen zu müssen; dieselbe diente mir jedoch nur, um ruhig und eingehend den ganzen Raum durchspähen zu können, während ich scheinbar mit ganzer Aufmerksamkeit bei dem Gespräch war, in das ich ihn verwickelt hatte.

Besondere Aufmerksamkeit widmete ich einem großen Schreibtisch, neben dem er saß und auf dem allerlei Briefe und andere Papiere, ein paar kleinere Musikinstrumente und einige Bücher umherlagen. Trotz sorgfältigster Prüfung aber konnte ich hier nichts finden, was einen Verdacht gerechtfertigt hätte.

Ich blickte nun weiter im Zimmer umher und entdeckte schließlich einen zerfetzten Kartenhalter aus Pappe, der an einem verstaubten blauen Band von einem kleinen Messingknopf oben über dem sehr niedrigen Kaminsims herabhing. In diesem Halter, der drei oder vier Abteilungen hatte, steckten fünf oder sechs Visitenkarten und ein einziger Brief. Der letztere war sehr schmutzig und zerknittert. Er war in der Mitte fast ganz durchgerissen – als habe man zuerst die Absicht gehabt, ihn als wertlos fortzuwerfen, habe sich dann aber doch anders besonnen. Er hatte ein großes schwarzes Siegel, auf dem sehr deutlich der Buchstabe D. sichtbar war, und war in zierlicher Damenhandschrift an D., den Minister, adressiert. Er war sorglos, ja geradezu oberflächlich in das zweitoberste Abteil des Halters gesteckt.

Kaum hatte ich diesen Brief erblickt, als ich überzeugt war, das gesuchte Dokument vor mir zu haben. Gewiß, dem Anschein nach war es sehr verschieden von dem, dessen eingehende Beschreibung der Präfekt uns geliefert hatte. Hier war das Siegel groß und schwarz mit der Chiffre D.; dort war es klein und rot, mit dem herzoglichen Wappen der Familie V. Hier war die Adresse zierlich und von weiblicher Hand und an den Minister selbst gerichtet; dort war die Aufschrift kräftig und kühn und für ein Mitglied des königlichen Hauses bestimmt; nur das Format bot eine gewisse Ähnlichkeit. Aber gerade die Übertriebenheit dieser Unterschiede war es, was mir auffiel. Der Schmutz, der zerknitterte, zerrissene Zustand des Briefes, der so gar nicht zu der bekannten Ordnungsliebe D.s paßte und so sehr darauf hindeutete, daß hier eine Absicht vorliege, die Wertlosigkeit dieses Dokumentes vorzutäuschen, alle diese Dinge in Verbindung mit dem ins Auge fallenden Aufbewahrungsort des Papieres, was so ganz zu den Schlußfolgerungen paßte, zu denen ich vorher gelangt war – alle diese Dinge, sage ich, waren dazu angetan, Verdacht zu erregen bei einem, der gekommen war, Verdachtgründe zu finden.

Ich dehnte meinen Besuch so lange als möglich aus und verwickelte den Minister in eine eifrige Diskussion über ein Thema, das ihn, wie ich wußte, stark interessierte, während ich meine ganze Aufmerksamkeit dem Brief zuwandte. Ich wollte mir seine Form und seine Lage im Halter genau einprägen; bei dieser Gelegenheit machte ich schließlich noch eine Entdeckung, die mir die letzten Zweifel nahm. Die Ränder des Papieres waren kräftiger umgebrochen, als nötig schien. Der Bruch sah aus, als habe man ein steifes Papier, das kräftig zusammengefaltet gewesen, geöffnet und unter Benützung der alten Kniff alten nach der andern Seite umgebrochen. Diese Wahrnehmung genügte. Es war mir klar, daß man den Brief wie einen Handschuh umgewendet, in seine ursprüngliche Form zurückgefaltet und mit einem neuen Siegel versehen hatte. Ich verabschiedete mich von dem Gesandten und entfernte mich; eine goldene Schnupftabaksdose ließ ich auf dem Tisch zurück.

Am anderen Morgen sprach ich vor, um die vergessene Dose zu holen, und wir waren bald wieder in das interessante Gesprächsthema verwickelt, das uns am Tag vorher so eifrig beschäftigt hatte. Plötzlich aber ertönte gerade unter den Fenstern des Gesandtschaftspalais ein Pistolenschuß, gefolgt von Angstschreien und lärmenden Ausrufen einer erregten Menge. D. eilte an ein Fenster, riß es auf und blickte hinaus. Inzwischen trat ich zu dem Kartenhalter, nahm den Brief, steckte ihn in die Tasche und ersetzte ihn durch ein Faksimile (was sein äußeres Aussehen anlangte), das von mir zu Hause sorgsam hergestellt worden war; die Chiffre D.s hatte ich mit Hilfe eines aus Brot geformten Petschafts leicht nachahmen können.

Die Ruhestörung auf der Straße war durch das verrückte Gebaren eines Mannes verursacht worden. Er hatte in eine Gruppe von Weibern und Kindern einen Flintenschuß abgegeben. Es stellte sich aber heraus, daß es ein blinder Schuß gewesen war, und man ließ den Burschen als harmlosen Narren oder Betrunkenen laufen. Als die Menge sich verlaufen, trat D. vom Fenster zurück, wohin ich ihm gefolgt war, nachdem ich meinen Raub in Sicherheit gebracht hatte. Bald darauf verabschiedete ich mich. Der anscheinend Wahnsinnige war ein von mir bezahltes Subjekt.«

»Welche Absicht verfolgten Sie damit«, fragte ich, »daß Sie den Brief durch ein Faksimile ersetzten? Wäre es nicht besser gewesen, ihn gleich beim ersten Besuch zu ergreifen und davonzulaufen?«

»D.«, erwiderte Dupin, »ist ein kühner Bursche voll großer Tatkraft, und seine Dienerschaft ist ihm blind ergeben. Hätte ich den tollen Versuch gemacht, den Sie da vorschlagen, so hätte ich das Ministerpalais wohl kaum mehr lebend verlassen, und die guten Pariser hätten nichts mehr von mir gehört. Doch war es nicht dies Bedenken allein, was mich zurückhielt. Sie kennen mein politisches Vorurteil. Im vorliegenden Fall bin ich ein Parteigänger der betreffenden hohen Dame. Achtzehn Monate hat der Minister sie in seiner Gewalt gehabt; jetzt hat sie ihn in der ihrigen – denn da er nicht weiß, daß er den Brief nicht mehr besitzt, wird er sein herausforderndes Wesen beibehalten. Er wird sich also selbst den Sturz bereiten, der ebenso plötzlich als beschämend für ihn sein wird. Mag man über das *facilis descensus Averno* sagen, was man will – bei allem Emporkommen gilt das, was die Catalani vom Singen sagte: ›Es ist viel leichter hinauf- als hinunterzukommen.‹ In unserm Fall hier habe ich kein Mitgefühl mit dem, der da stürzt. Er ist ein monstrum horrendum, ein genialer Kopf ohne edle Grundsätze. Ich gestehe aber, daß ich etwas darum gäbe, in dem Augenblick seine Gedanken lesen zu können, wenn er sich durch das veränderte Benehmen derjenigen, die der Präfekt ›eine gewisse Person‹ nennt, veranlaßt sieht, den Brief zu öffnen, den ich ihm in den Kartenhalter gesteckt habe.«

»Wieso? Haben Sie ihm etwas hineingeschrieben?«

»Nun – es schien mir nicht ganz recht, das Innere leer zu lassen – das wäre ja beleidigend gewesen. D. spielte mir einst in Wien einen schlimmen Streich, und ich versicherte ihm damals halb scherzhaft, ich würde ihm das nicht vergessen. Ich hielt es also, in der Überzeugung, daß er begierig sei zu erfahren, wer ihn so überlistet habe, für schade, ihm nicht einen Anhaltspunkt zu geben. Er kennt meine Handschrift gut, und so schrieb ich denn mitten auf das weiße Blatt die Worte:

>... *Un dessein si funeste, S'il n'est digne d'Atrée, est digne de Thyeste.*<

Sie stehen in Crébillons >Atrée<.

„Meine Ehre steht auf dem Spiel, und – ganz im geheimen!
Die Belohnung ist ungewöhnlich hoch."

Auguste Dupin steht wieder vor einem schwierigen
Fall: Einem Mitglied der Königsfamilie wurde ein
Brief gestohlen. Der Täter ist bekannt, aber der Inhalt
des Briefes könnte gefährlich sein und den Ruf einer
adligen Dame zerstören. Auf keinen Fall darf er veröf-
fentlicht werden…

Edgar Allan Poes (1809 – 1849) berühmter Detektiv
war unter anderem Vorbild für Arthur Conan Doyles
„Sherlock Holmes".

ISBN 978-3-95855-425-2

9 783958 554252

www.fabula-verlag-hamburg.

HELENAS
HEIMKEHR

ÉMILE
VERHAEREN

fabula